RENAISSANCE

Michel Houellebecq

RENAISSANCE

Flammarion

ISBN : 2-08-067753-5

I

Vu d'un compartiment de train, la campagne.
Une purée de vert. Une soupe de vert.
Avec tous ces détails si foncièrement inutiles (arbres, etc.)
qui surnagent, justement comme des grumeaux dans la
soupe.
Tout cela donne envie de vomir.

Qu'il est loin, l'émerveillement des années d'enfance !
l'émerveillement de découvrir le paysage filant par la
fenêtre...

Une vache qui en saute une autre... Décidément, ces
créatures ne doutent de rien !

Ridicule de la voisine d'en face.
La ligne de ses cils forme un oblique chinois, et sa
bouche une ligne semblable, rétractée vers le bas,
méchamment.
Je suis sûr qu'elle m'arracherait les yeux avec plaisir.

Cesser de la regarder. Peut-être est-elle dangereuse ?...

LES LAMPES

Les lampes disposées en rampe centrale au plafond de la rame de TGV ressemblaient aux pas d'un animal géométrique – un animal créé pour éclairer l'homme.

Les pattes de l'animal étaient des rectangles aux coins légèrement arrondis ; elles s'espaçaient avec régularité, comme des traces. De temps à autre une forme ronde s'intercalait entre les traces de pas – comme si l'animal, telle une mouche géante, avait irrégulièrement apposé sa trompe sur le plafond.

De tout cela émanait, il faut bien le dire, une vie assez inquiétante.

Station Boucicaut. Une lumière liquide coulait sur les voûtes de carrelage blanc ; et cette lumière semblait — paradoxe atroce — couler vers le haut.

À peine installé dans la rame, je me sentis obligé d'examiner le tapis de sol — un tapis de caoutchouc gris, parsemé de nombreuses rondelles. Ces rondelles étaient légèrement en relief ; tout à coup, j'eus l'impression qu'elles respiraient. Je fis un nouvel effort pour me raisonner.

Les informations se mélangent comme des aiguilles
Versées dans ma cervelle
Par la main aveugle du commentateur ;
J'ai peur.
Depuis huit heures, les déclarations cruelles
Se succèdent dans mon récepteur ;
Très haut, le soleil brille.

Le ciel est légèrement vert,
Comme un éclairage de piscine ;
Le café est amer,
Partout on assassine ;
Le ciel n'éclaire plus que des ruines.

Je tournais en rond dans ma chambre,
Des cadavres se battaient dans ma mémoire ;
Il n'y avait plus vraiment d'espoir ;
En bas, quelques femmes s'insultaient
Tout près du Monoprix fermé depuis décembre.

Ce jour-là, il faisait grand calme ;
Les bandes s'étaient repliées dans les faubourgs.
J'ai senti l'odeur du napalm,
Le monde est devenu très lourd.
Les informations se sont arrêtées vers six heures ;
J'ai senti s'accélérer les mouvements de mon cœur :
Le monde est devenu solide,
Silencieux, les rues étaient vides
Et j'ai senti venir la mort.

Ce jour-là, il a plu très fort.

Je m'éveille, et le monde retombe sur moi comme un
bloc ;
Le monde confus, homogène.
Le soleil traverse l'escalier, j'entame un soliloque,
Un dialogue de haine.

Vraiment, se disait Michel, la vie devrait être différente,
La vie devrait être un peu plus vivante ;
On ne devrait pas voir ces choses ;
Ni les voir, ni les vivre.

Maintenant le soleil traverse les nuées,
Sa lumière est brutale ;
Sa lumière est puissante sur nos vies écrasées ;
Il est presque midi et la terreur s'installe.

Les dents qui se défont
Dans la mâchoire maigre,
La soirée tourne à l'aigre
Et je touche le fond.

L'anesthésie revient et dure quelques secondes,
Au milieu de la foule le temps semble figé
Et l'on n'a plus envie de refaire le monde,
Au milieu de la foule et des parcours piégés.

La vie les tentatives,
L'échec qui se confirme
Je regarde les infirmes,
Puis il y a la dérive.

Nous avons souhaité une vie prodigieuse
Où les corps se penchaient comme des fleurs écloses,
Nous avons tout raté : fin de partie morose ;
Je ramasse les débris d'une main trop nerveuse.

Le train qui s'arrêtait au milieu des nuages
Aurait pu nous conduire à un destin meilleur
Nous avons eu le tort de trop croire au bonheur
Je ne veux pas mourir, la mort est un mirage.

Le froid descend sur nos artères
Comme une main sur l'espérance
Le temps n'est plus à l'innocence,
J'entends agoniser mon frère.

Les êtres humains luttaient pour des morceaux de temps,
J'entendais crépiter les armes automatiques,
Je pouvais comparer les origines ethniques
Des cadavres empilés dans le compartiment.

La cruauté monte des corps
Comme une ivresse inassouvie ;
L'histoire apportera l'oubli,
Nous vivrons la seconde mort.

Les hommages à l'humanité
Se multiplient sur la pelouse
Ils étaient au nombre de douze,
Leur vie était très limitée.

Ils fabriquaient des vêtements
Des objets, des petites choses,
Leur vie était plutôt morose
Ils fabriquaient des revêtements,

Des abris pour leur descendance,
Ils n'avaient que cent ans à vivre
Mais ils savaient écrire des livres
Et ils nourrissaient des croyances.

Ils alimentaient la douleur
Et ils modifiaient la nature
Leur univers était si dur
Ils avaient eu si faim, si peur

Les matins à Paris, les pics de pollution
Et la guerre en Bosnie qui risque de reprendre
Mais tu trouves un taxi, c'est une satisfaction
Au milieu de la nuit un souffle d'air plus tendre

Te conduit vers le jour,
Le mois d'août se prolonge
Et tu diras bonjour
Dans ton bain, à l'éponge.

Tu as bien fait de prendre
Tes vacances en septembre
Si je n'avais pas d'enfants moi je ferais pareil,
On a parfois autant de journées de soleil.

Le samedi soir est terminé,
Il va falloir éliminer
La nuit tombe sur la résidence,
Il est plus tard que tu ne penses
Les lumières du bar tropical
S'éteignent. On va fermer la salle.

Tu déjeuneras seul
D'un panini saumon
Dans la rue de Choiseul
Et tu trouveras ça bon.

Je vis dans des parois de verre,
Dans un bureau paysager
Et le soir je me roule par terre,
Mon chien commence à être âgé
Et ma voisine donne des soirées,
Ma voisine fait trop de manières.

Je me sens parfois solitaire,
Je ne donne jamais de soirée
J'entends ma voisine s'affairer,
Parfois ma voisine exagère.

Je ne renonce pas à plaire,
Je commence à m'interroger :
Est-ce que je suis vraiment âgé ?
Est-ce que je suis vraiment sincère ?

La nouvelle année nous engage
À détruire quelques relations
Et à démolir quelques cages,
À désassembler des fictions.

Reportant sur son agenda
Tous ces gens qu'on ne verra plus
On se sent un peu bête, parfois ;
Il faut qu'on meure ou bien qu'on tue.

L'ancienne année grille mes doigts
Comme une allumette oubliée
Puis le jour se lève, il fait froid ;
Je commence à me replier.

L'année de la parole divine
Est encore à réinventer ;
Sur mon matelas, je rumine
Des réalités disjonctées.

Les marronniers du Luxembourg
Attrapent un soleil manifeste.
J'ai envie de faire l'amour ;
Ordinairement, je me déteste.

Pourquoi tout cet or répandu
Dans les rayons du ciel d'octobre ?
Il faudrait croire qu'on a vécu
Qu'on disparaît, concis et sobre,

Et sans regret. Que de mensonges...
Pourquoi faire croire qu'on est heureux ?
Je me remplis comme une éponge
D'un cafard fin et nauséeux.

« Les chantiers de l'aménagement » :
Article de fond, journal *Le Monde*
Et je sens au fil des secondes
Les bactéries creuser mes dents.

Les fleurs s'élèvent hors de la terre
Dans leur naïve génération.
Le soleil glisse, effet de serre :
Triomphe de la végétation.

Un cycliste changeait ses lunettes
Avant de visiter la ville ;
La ville est propre, les rues sont nettes
Et le cycliste a l'air tranquille.

Stein am Rhein, le 22 mai.

On pénètre dans la salle de bains,
Et c'est la vie qui recommence
On n'en voulait plus, du matin,
Seul dans la nuit d'indifférence.

Il faut tout reprendre à zéro
Muni d'une donne amoindrie,
Il faut rejouer les numéros
Au bord des poubelles attendries.

Dans le matin qui se transforme
En un lac de néant candide
On reconnait la vie, les formes,
Semi-transitions vers le vide.

Un désespoir standardisé,
Et la poussière qui se propage
Tout au long des Champs-Élysées,
Il va falloir tourner la page.

Achetant des revues de bite
Au kiosque avenue de Wagram,
Je me sens piégé par un rite
Comme un aveugle qui réclame

Et cogne sa canne sur le sol,
S'approchant de la voie ferrée
Comme une fleur à l'entresol,
Comme un rameur désemparé.

La circulation s'assouplit
Et la nuit découvre ses veines,
Les trottoirs sont couverts de pluie
Dans le déclin de la semaine.

Le calme des objets, à vrai dire, est étrange,
Un peu inamical ;
Le temps nous déchiquette et rien ne les dérange,
Rien ne les désinstalle.

Ils sont les seuls témoins de nos vraies déchéances,
De nos passages à vide ;
Ils ont pris la couleur de nos vieilles souffrances,
De nos âmes insipides.

Sans rachat, sans pardon, et trop semblables aux choses,
Nous gravitons, inertes ;
Rien ne peut apaiser cette fièvre morose,
Ce sentiment de perte.

Construits par nos objets, faits à leur ressemblance,
Nous existons par eux.
Au fond de nous, pourtant, gît la ressouvenance
D'avoir été des dieux.

L'intérieur des poumons
Remonte à la surface ;
Traitement aux rayons :
La douleur se déplace.

Un hurlement de peur
Dans la nuit traversée :
Je sens battre mon cœur
À grands coups oppressés.

Les nuits passent sur moi comme un grand laminoir
Et je connais l'usure des matins sans espoir
Le corps qui se fatigue, les amis qui s'écartent,
Et la vie qui reprend une à une ses cartes.

Je tomberai un jour, et de ma propre main :
Lassitude au combat, diront les médecins.

Ce n'est pas cela. J'essaie de conserver mon corps en bon état. Je suis peut-être mort, je ne sais pas. Il y a quelque chose qu'il faudrait faire, que je ne fais pas. On ne m'a pas appris. Cette année, j'ai beaucoup vieilli. J'ai fumé huit mille cigarettes. Souvent j'ai eu mal à la tête. Il doit pourtant y avoir une façon de vivre ; quelque chose que je ne trouve pas dans les livres. Il y a des êtres humains, il y a des personnages ; mais d'une année sur l'autre c'est à peine si je reconnais leurs visages.

Je ne respecte pas l'homme ; cependant, je l'envie.

J'étais parti en vacances avec mon fils
Dans une auberge de jeunesse extrêmement triste
C'était quelque part dans les Alpes,
Mon fils avait dix ans

Et la pluie gouttait doucement le long des murs ;
En bas, les jeunes essayaient de nouer des relations
amoureuses
Et j'avais envie de cesser de vivre,
De m'arrêter sur le bord du chemin
De ne même plus écrire de livres
De m'arrêter, enfin.

La pluie tombe de plus en plus, en longs rideaux,
Ce pays est humide et sombre ;
La lutte s'y apaise, on a l'impression d'entrer au
tombeau ;
Ce pays est funèbre, il n'est même pas beau.

Bientôt mes dents vont tomber aussi,
Le pire est encore à venir ;
Je marche vers la glace, lentement je m'essuie ;
Je vois le soir tomber et le monde mourir.

II

LE NOYAU DU MAL D'ÊTRE

Une pièce blanche, trop chauffée, avec de nombreux radiateurs (un peu : salle de cours dans un lycée technique).

La baie vitrée donne sur les banlieues modernes, préfabriquées, d'une zone semi-résidentielle.

Elles ne donnent pas envie de sortir, mais rester dans la pièce est un tel désastre d'ennui.
(Tout est déjà joué depuis longtemps, on ne continue la partie que par habitude.)

TRANSPOSITION, CONTRÔLE

La société est cela qui établit des différences
Et des procédures de contrôle
Dans le supermarché je fais acte de présence,
Je joue très bien mon rôle.

J'accuse mes différences,
Je délimite mes exigences
Et j'ouvre la mâchoire,
Mes dents sont un peu noires.

Le prix des choses et des êtres se définit par consensus
transparent
Où interviennent les dents,
La peau et les organes,
La beauté qui se fane.

Certains produits glycérinés
Peuvent constituer un facteur de surestimation partielle ;
On dit : « Vous êtes belle » ;
Le terrain est miné.

La valeur des êtres et des choses est usuellement d'une
précision extrême
Et quand on dit : « Je t'aime »
On établit une critique,
Une approximation quantique,
On écrit un poème.

DIJON

Usuellement, en arrivant en gare de Dijon, j'atteignais un état de parfait désespoir. Rien, cependant, ne s'était encore produit ; il semblait encore flotter dans l'atmosphère, dans les bâtiments, comme une espèce d'hésitation ontologique. Les mouvements encore mal assurés du monde pouvaient s'arrêter d'un seul coup. Je pouvais, moi aussi, m'arrêter ; je pouvais rebrousser chemin, je pouvais repartir. Ou bien je pouvais tomber malade ; d'ailleurs, je me sentais malade. Le lundi matin, en traversant les rues en général brumeuses de cette ville à d'autres égards agréable, je pouvais encore croire que la semaine n'aurait pas lieu.

C'est vers huit heures moins dix que je passais devant l'église Saint-Michel. Il me restait quelques rues à parcourir, quelques centaines de mètres pendant lesquelles j'étais à peu près sûr de ne rencontrer personne. J'en profitais, sans cependant flâner. Je marchais lentement, mais sans détours, vers un espace de plus en plus restreint, vers un lieu de mieux en mieux délimité où allait se jouer pour moi, comme chaque semaine, l'enfer répétitif de la survie matérielle.

La machine à écrire pesait plus de vingt kilos,
Avec une grosse touche en forme d'éclair pour indiquer
le retour chariot.
C'est je crois Jean-Luc Faure qui m'avait aidé
à la transporter ;
« Pour écrire tes mémoires », se moquait-il sans méchanceté.

PARIS-DOURDAN

À Dourdan, les gens crèvent comme des rats. C'est du moins ce que prétend Didier, un secrétaire de mon service. Pour rêver un peu, je m'étais acheté les horaires du RER – ligne C. J'imaginais une maison, un bull-terrier et des pétunias. Mais le tableau qu'il me traça de la vie à Dourdan était nettement moins idyllique : on rentre le soir à huit heures, il n'y a pas un magasin ouvert ; personne ne vient vous rendre visite, jamais ; le week-end, on traîne bêtement entre son congélateur et son garage. C'est donc un véritable réquisitoire anti-Dourdan qu'il conclut par cette formule sans nuance : « À Dourdan, tu crèveras comme un rat. »

Pourtant j'ai parlé de Dourdan à Sylvie, quoique à mots couverts et sur un ton ironique. Cette fille, me disais-je dans l'après-midi en faisant les cent pas, une cigarette à la main, entre le distributeur de café et le distributeur de boissons gazeuses, est tout à fait le genre à désirer habiter Dourdan ; s'il y a une fille que je connaisse qui puisse avoir envie d'habiter Dourdan, c'est bien elle ; elle a tout à fait la tête d'une pro-dourdannaise.

Naturellement ce n'est là que l'esquisse d'un premier mouvement, d'un tropisme lent qui me porte vers Dourdan et qui mettra peut-être des années à aboutir, probablement même qui n'aboutira pas, qui sera contrecarré et anéanti par le flux des choses, par l'écrasement permanent des circonstances. On peut supposer sans grand risque d'erreur que je n'atteindrai jamais Dourdan ; sans doute même serai-je brisé avant d'avoir dépassé Brétigny. Il n'empêche, chaque homme a besoin d'un projet, d'un horizon et d'un ancrage. Simplement, simplement pour survivre.

Je suis difficile à situer
Dans ce café (certains soirs, bal) ;
Ils discutent d'affaires locales,
D'argent à perdre, de gens à tuer.

Je vais prendre un café et la note ;
On n'est pas vraiment à Woodstock.
Les clients du bar sont partis,
Ils ont fini leurs Martinis,
Hi hi !

NICE

La promenade des Anglais est envahie de Noirs amé-
ricains
Qui n'ont même pas la carrure de basketteurs ;
Ils croisent des Japonais partisans de la « voie du
sabre »
Et des joggers semi-californiens ;

Tout cela vers quatre heures de l'après-midi,
Dans la lumière qui décline.

L'ART MODERNE

Impression de paix dans la cour,
Vidéos trafiquées de la guerre du Liban
Et cinq mâles occidentaux
Discutaient de sciences humaines.

Recréer des cérémonies...
Psychologies effilochées.
Un jour nos visages vont lâcher,
Nous aurons de mornes agonies.

Les traits construits par l'existence
Éloignent du visage de Dieu.
Moments ratés, faussement intenses...
Nous ironisons, devenons vieux.

Rediffusés par satellite,
Les marathons caritatifs
Maintiennent un niveau émotif
Pas trop intense, mais un peu vif ;
Plus tard, il y a des films de bite.

Des touristes danoises glissaient leurs yeux de biche
Le long de la rue des Martyrs ;
Une concierge promenait ses caniches ;
La nuit avait de l'avenir.

Captés par le pinceau des phares,
Quelques pigeons paralysés
Achevaient leur vie, épuisés ;
La ville vomissait ses barbares.

On se décide à se distraire,
La nuit est bien chaude et bien moite
Tout à coup l'envie de se taire
Vous casse en deux. La vie étroite

Reprend ses droits. On ne peut plus.
Comment font ces gens pour bouger ?
Comment font tous ces inconnus ?
Je me sens seul, découragé.

Quatre fillettes montraient leurs seins
Sur la pelouse des Invalides
Et j'avais beaucoup trop de bide
Pour leur tenir un discours sain.

C'étaient sans doute des Norvégiennes,
Elles venaient sauter des Latins
Elles avaient de très jolis seins
Plus loin, il y avait trois chiennes

Au comportement placide
(En dehors des périodes de rut,
Les chiennes n'ont pas vraiment de but ;
Mais elles existent, douces et limpides.)

KIKI! KIKI!

Retournerai-je en discothèque ?
Cela me paraît peu probable ;
À quoi bon de nouveaux échecs ?
Je préfère pisser sur le sable

Et tendre ma petite quéquette
Dans le vent frais de Tunisie,
Il y a des Hongroises à lunettes
Et je me branle par courtoisie.

Je plaisante au bord du suicide
Comme un fil près d'un trou d'aiguille
Et si j'étais un peu lucide
Je sauterais sur toutes les filles

Et je ferais n'importe quoi
Pour passer au moins une nuit,
Pour arracher un peu de joie
Auprès de ces corps qui s'enfuient.

Mon sexe est toujours là, il gonfle
Je le retrouve entre les draps
Comme un vieil animal, il ronfle
Quand je réutilise mon bras.

Que ma main connaît bien mon sexe !
Ce sont de très anciens rapports
Rien ne la fâche, rien ne la vexe,
Ma main me conduit à la mort.

Je me masturbe au Martini
En attendant demain matin
Je sais très bien que c'est fini,
Mais je ne comprends pas la fin

Et tout seul, dans la nuit, je bande
Autour d'un halo de douceur
J'ai envie de poser ma viande ;
Je me réveille, je suis en pleurs.

Créature aux lèvres accueillantes
Assise en face, dans le métro,
Ne sois pas si indifférente :
L'amour, on n'en a jamais trop.

Dans les murs de la ville où le malheur dessine
Ses variations fragiles
Je suis seul à jamais, la ville est une mine
Où je creuse, docile.

Il y a les dimanches,
J'essaie de te baiser
Tu es là, froide et blanche,
Sur le lit défroissé
Et tu prends ta revanche.

Une odeur de salpêtre
Remonte à mes narines
Et nos deux corps s'empêtrent,
Un peu plus tard j'urine
Et je vomis mon être.

Le samedi c'est bien,
On va au Monoprix
Et on compare les prix
Des enfants et des chiens,
Le samedi c'est bien.

Mais il y a les dimanches,
La durée qui se traîne
La peur qui se déclenche,
Un mouvement de haine
Il y a les dimanches ;
Lentement, je débranche.

La liberté me semble un mythe,
Ou bien c'est un surnom du vide ;
La liberté, franchement, m'irrite,
On atteint vite à l'insipide.

J'ai eu diverses choses à dire
Ce matin, très tôt, vers six heures
J'ai basculé dans le délire,
Puis j'ai passé l'aspirateur.

Le non-être flotte alentour
Et se colle à nos peaux humides ;
De temps en temps on fait l'amour,
Nos corps sont las. Le ciel est vide.

Après avoir connu la nature de la vie
L'avoir examinée, soupesée en détail,
On aimerait détruire ce qui peut être détruit
Mais tout semble solide, et l'informe bétail
Des êtres humains poursuit
Son réengendrement, tant pis, vaille que vaille

Le matin de mes jours m'apparaît vaguement
Lorsque je suis assis, tordu devant ma table,
Tout semble s'effacer et se couvrir de sable,
Le matin de mes jours disparaît lentement.

La vérité s'étend par flaques
Autour d'un étal de boucher
L'amour de Dieu est une arnaque,
Je regarde les chiens couchés

Qui happent des boyaux verdâtres
D'une gueule presque joyeuse,
Nous sommes des chiens idolâtres
Et je te sens très amoureuse.

Corps des femelles, sperme des mâles
Mélangés pour une oraison
Qu'on rend aux puissances infernales,
Je suis las de mes trahisons.

La vérité est dans le sang
Comme le sang est dans nos veines ;
Je m'approche, je te rentre dedans,
Tu n'as presque plus forme humaine.

Avec un bruit un peu moqueur,
La mer s'écrasait sur la plage ;
Dans l'attente du deuxième sauveur,
Nous ramassions des coquillages.

L'homme mort, il reste un squelette
Qui évolue vers la blancheur
Sous le poisson, il y a l'arête
Le poisson attend le pêcheur.

Sous l'être humain, il y a la brute
Configurée en profondeur
Mais au fond de sa vie sans but,
L'homme attend le deuxième sauveur.

L'indifférence des falaises
À notre destin de fourmis
Grandit dans la soirée mauvaise ;
Nous sommes petits, petits, petits.

Devant ces concrétions solides
Pourtant érodées par la mer
Monte en nous un désir de vide,
L'envie d'un éternel hiver.

Reconstruire une société
Qui mérite le nom d'humaine,
Qui conduise à l'éternité
Comme l'anneau va vers la chaîne.

Nous sommes là, la lune tombe
Sur un désespoir animal
Et tu cries, ma sœur, tu succombes
Sous la sagesse du minéral.

La permanence de la lumière
Me rend soudain mélancolique
Les serpents rampent dans la poussière,
Les chimpanzés sont hystériques.

Les êtres humains se font des signes,
Les ancolies fanent très vite
Je me sens soudain très indigne,
Je ne dispose d'aucun rite

Pour protéger mon existence
De la lutte et de la fournaise,
Cet univers où l'on se baise
N'est pas mon lieu de renaissance.

Pour perdre le sens du charnel
Il suffit de plisser les yeux
Je suis au centre du réel,
Je suis étranger à ces lieux.

Puisqu'il faut que les libellules
Sectionnent sans fin l'atmosphère
Que sur l'étang crèvent les bulles,
Puisque tout finit en matière.

Puisque la peau du végétal,
Comme une moisissure obscène
Doit gangrener le minéral,
Puisqu'il nous faut sortir de scène

Et nous étendre dans la terre
Comme on rejoint un mauvais rêve
Puisque la vieillesse est amère,
Puisque toute journée s'achève

Dans le dégoût, la lassitude,
Dans l'indifférente nature
Nous mettrons nos peaux à l'étude,
Nous chercherons le plaisir pur
Nos nuits seront des interludes
Dans le calme affreux de l'azur.

Playa Blanca. Les hirondelles
Glissent dans l'air. Température.
Fin de soirée, villégiature.
Séjour en couple, individuel

Playa Blanca. Les girandoles
Enroulées sur le palmier mort
S'allument et la soirée décolle,
Les Allemandes traversent le décor.

Playa Blanca comme une enclave
Au milieu du monde qui souffre,
Comme une enclave au bord du gouffre,
Comme un lieu d'amour sans entrave.

Fin de soirée. Les estivantes
Prennent un deuxième apéritif,
Elles échangent des regards pensifs
Remplis de douceur et d'attente.

Playa Blanca, le lendemain,
Quand les estivantes se dévoilent.
Seul au milieu des êtres humains,
Je marche vers le club de voile.

Playa Blanca. Les hirondelles
Glissent au milieu de la nature.
Dernier jour de villégiature,
Transfert à partir de l'hôtel
Lufthansa. Retour au réel.

Nous roulons protégés dans l'égale lumière
Au milieu de collines remodelées par l'homme
Et le train vient d'atteindre sa vitesse de croisière
Nous roulons dans le calme, dans un wagon Alsthom,

Dans la géométrie des parcelles de la Terre,
Nous roulons protégés par les cristaux liquides
Par les cloisons parfaites, par le métal, le verre,
Nous roulons lentement et nous rêvons du vide.

À chacun ses ennuis, à chacun ses affaires ;
Une respiration dense et demi-sociale
Traverse le wagon ; certains voisins se flairent,
Ils semblent écartelés par leur part animale.

Nous roulons protégés au milieu de la Terre
Et nos corps se resserrent dans les coquilles du vide
Au milieu du voyage nos corps sont solidaires,
Je veux me rapprocher de ta partie humide.

Des immeubles et des gens, un camion solitaire :
Nous entrons dans la ville et l'air devient plus vif ;
Nous rejoignons enfin le mystère productif
Dans le calme apaisant d'usines célibataires.

III

Il faut préciser que je n'étais pas seul dans la voiture,
J'étais avec la morte ;
La nuit tournait sans bruit, comme une porte,
Nous traversions les gonds du monde ;
Les cheveux de la nuit,
L'approche du solstice,
Le corps désemparé qui transpire et qui glisse

Et la nuit était bleue
Comme un poisson nerveux,
La nuit soufflait partout,
Dans tes yeux s'allumait un regard un peu fou.

La nuit était très floue,
La nuit était partout,
Les images glissaient
Comme un rêve de craie.

Cette nuit, nous avons aperçu l'autre face.

LE PUITS

L'enfant technologique guide le corps des hommes,
Des sociétés aveugles
Jusqu'au bord de la mort,
Le corps gémit et beugle.

C'est un puits très profond
Et c'est un vide immense,
Très dense,
On voit les particules tournoyer, s'effacer.

L'enfant n'a jamais tort,
Il marche dans la rue
Il annonce la mort
Des âmes disparues.

Nous mourrons sans pardon
Et nous disparaîtrons
Dans l'ombre immense,
L'ombre d'absence

Où le vide sépare les particules glacées,
Nos corps
Morceaux de notre mort,
Trajectoires dérisoires de fragments déplacés.

Les dernières particules
Dérivent dans le silence
Et le vide articule
Dans la nuit, sa présence.

Les Enfants de la Nuit sont les étoiles...
Les étoiles rondes et lourdes du matin ;
Comme des gouttelettes chargées de sagesse, ils tournent
lentement sur eux-mêmes en émettant un chant légèrement vibrant.

Ils n'ont jamais aimé.

Le premier jour de la seconde semaine, une pyramide apparut à l'horizon. Sa surface noire et basaltique nous parut d'abord parfaitement plane ; mais au bout de quelques heures de marche nous y décelâmes des nervures fines, arrondies, évoquant les circonvolutions d'un cerveau. Nous fîmes halte sous l'ombrage d'un bosquet de ficus. Geffrier remuait lentement les épaules, comme pour en chasser des insectes. Son visage allongé, nerveux, se ridait un peu plus chaque jour ; une expression d'angoisse y était maintenant constamment présente. La chaleur devenait insupportable.

Un manchot ou un borgne portant une plaie saignante,
Poudré et perruqué à la cour du roi Louis XIV ;
Il est courageux à la guerre.

Et monsieur de Villequiers continue ses petites expé-
riences sur les insectes...

Je suis peut-être, moi-même, un véhicule de Dieu,
Mais je n'en ai pas vraiment conscience
Et j'écris cette phrase « à titre expérimental ».

Qui suis-je ?
Tout cela ressemble à une devinette.

Je referme mon stylo :
Suis-je content de ma phrase ?
Mon stylo n'est pas beau,
Je veux faire table rase.

Je me jette un regard dans la posture « artiste »
Et je trouve le spectacle à peu près répugnant.
J'ai beau être un artiste, je suis quand même très triste,
Entouré de salauds qui me montrent les dents
Stylo, salaud !

C'est mon stylo, éjaculant
Des semi-vérités poussives
Qui est responsable, maintenant :
« Je cherche un monde où les gens vivent ».

Écrire,
Communiquer avec les hommes,
Ils sont si loin.
Jouir
(Généralement, avec sa main).
Un peu d'amour, odeur de pomme,
Partir
(Très loin, si loin. Trop loin.)

Il existe un espace insécable et fécond
Où nous vivons unis dans notre dissemblance,
Tout y est silencieux, immobile et profond,
Il existe un espace au-delà de l'enfance.

LES NUAGES, LA NUIT

Venues du fond de mon œil moite,
Les images glissaient sans cesse
Et l'ouverture était étroite,
La couverture était épaisse.

Il aurait fallu que je voie
Mon avenir différemment,
Cela fait deux ans que je bois
Et je suis un bien piètre amant.

Ainsi il faut passer la nuit
En attendant que la mort lente,
Qui avance seule et sans bruit,
Retrouve nos yeux et les sente ;

Quand la mort appuie sur vos yeux
Comme un cadavre sur la planche,
Il est temps de chercher les dieux
Disséminés. Le corps s'épanche.

Nous avons établi un rapport diagonal
Sous la présence obscure, incertaine des bouleaux
Griffus, dans le silence impur et vertical
Qui nous enveloppait comme une eau
Lustrale.

Le désir entourait nos vies comme une flamme,
Nous avons accepté de lui servir de mèche
Je ne soupçonnais pas ce que peut une femme,
Loin de tes lèvres mes lèvres devenaient vite sèches
Et mortes.

Seul sur le canapé la nuit est étouffante,
Il me semble que la nuit est chaque fois plus sombre ;
Je craque une allumette ; la flamme jaillit, tremblante,
Les images du passé se croisent entre les ombres,
Mobiles.

Je revois les bouleaux,
Ce soir
Je me verse un peu d'eau,
Je suis seul dans le noir.

PARADE

Suspendu à ta parole,
Je marchais sur la place au hasard
Les cieux s'ouvraient, et je devais jouer un rôle
Quelque part.

Déployée, la cascade morte
Répandait des fragments de gel
Autour de mon artère aorte,
Je me sentais superficiel.

Volcan de paroles superflues,
Oubli des relations humaines
Un monde existe où l'on se tue,
Un monde existe entre nos veines.

L'aveu de ce monde est facile
Si l'on fait le deuil du bonheur
La parole n'est pas inutile,
Elle arrive juste avant l'heure

Où les fragments de vie implosent,
Se rangent dans la sérénité
Au fond d'une bière décorée
Velours frappé, vieux bois, vieux rose.

Velours comme une limonade
Qui grésille en surface de peau,
Criblée comme une peau nomade
Qui se déchire en fins lambeaux

Dans un univers de parade,
Un univers où tout est beau
Dans un univers de parade,
Dans un univers en lambeaux.

PASCALE

Elle tremblait en face de moi, et j'avais l'impression que
le monde entier tremblait.
(Fiction émotionnelle, une fois de plus.)

Une fin de vie solitaire,
Le chemin devient transparent
Et je n'ai plus un seul parent :
Une île enfoncée dans la mer.

Nous n'avons plus beaucoup le temps de vivre,
Mon amour
Éteins donc la radio,
Pour toujours.

Tu as toujours vécu par procuration,
Sans friction
Et si lisse,
La vie s'en va et le corps glisse
Dans l'inconnu,
La vie est nue.

Essayons d'oublier les anciens adjectifs
Et les catégories ;
La vie est mal connue et nous restons captifs
De notions mal finies.

Le temps sur Venise est bien lourd
Et je te sens un peu nerveuse :
Calme-toi un peu, mon amour,
Je te lécherai les muqueuses.

Il y aura des années à vivre
Si nous restons des enfants sages ;
Nous pouvons aussi lire des livres :
Regarde, mon amour, c'est l'orage.

J'aime ton goût un peu salé,
J'en ai besoin deux fois par jour ;
Je me laisse complètement aller :
Regarde, c'est la mort, mon amour.

CRÉPUSCULE

Les masses d'air soufflaient entre les bosquets d'yeuses,
Une femme haletait comme en enfantement
Et le sable giflait sa peau nue et crayeuse,
Ses deux jambes s'ouvraient sur mon destin d'amant.

La mer se retira au-delà des miracles
Sur un sol noir et mou où s'ouvraient des possibles
J'attendais le matin, le retour des oracles,
Mes lèvres s'écartaient pour un cri invisible

Et tu étais le seul horizon de ma nuit ;
Connaissant le matin, seuls dans nos chairs voisines,
Nous avons traversé, sans souffrance et sans bruit,
Les peaux superposées de la présence divine

Avant de pénétrer dans une plaine droite
Jonchée de corps sans vie, nus et rigidifiés,
Nous marchions côte à côte sur une route étroite,
Nous avions des moments d'amour injustifié.

IV

« Que tout ce qui luit soit détruit. »

Les habitants du Soleil jettent sur nous un regard
impassible :
Nous appartenons définitivement à la Terre
Et nous y pourrirons, mon amour impossible,
Jamais nos corps meurtris ne deviendront lumière.

Il n'y a pas de responsable
Au malheur de l'humanité,
Il y a un plan délimité
Qui unit les premières années, les promenades sous les
marronniers, les cartables.

En moi quelque chose s'est brisé
Hier au petit déjeuner,
Deux êtres humains de cent kilos
Parlaient estomac et radios.

Il lui disait : « Tu es méchante...
J'ai plus longtemps à vivre, alors fais-moi plaisir ».
Mais son vieux corps usé ne connaissait plus le plaisir,
Il ne connaissait que la honte,
La honte et la difficulté à se mouvoir,
Et l'étouffement dans la chaleur du soir.

Ainsi ces deux qui avaient vécu,
Qui avaient peut-être donné la vie,
Terminaient leur vie dans la honte.

Je ne savais que penser. Peut-être il ne faudrait pas vivre,
La recherche du plaisir est décrite dans les livres,
Elle conduit au malheur
De toute éternité.

Mais, cependant, ils étaient là, ce vieux couple.
« Il faut parfois se faire plaisir », disait-il
Et quand on voyait les replis de la chair de son épouse
On accordait la prostitution et le massage
À son vieux sexe usé.
« Il n'en avait plus, de toute façon, que pour quelques
années. »

Entre ces deux êtres il n'y avait aucun espace de rêve,
Aucune manière de supporter la décrépitude
De faire de l'usure des corps une douce habitude
Ils existaient,
Ils demandaient la trêve,
Un espace de trêve
Pour leurs vieux corps usés,
La trêve toutes les nuits leur était refusée.

DJERBA « LA DOUCE »

Un vieillard s'entraînait seul sur le mini-golf
Et des oiseaux chantaient sans aucune raison ;
Était-ce le bonheur d'être au camping du Golfe ?
Était-ce la chaleur ? Était-ce la saison ?

Le soleil projetait ma silhouette noire
Sur une terre grise, remuée récemment ;
Il faut interpréter les signes de l'histoire
Et le dessin des fleurs, si semblable au serpent.

Un deuxième vieillard près de son congénère
Observait sans un mot les vagues à l'horizon
Comme un arbre abattu observe sans colère
Le mouvement musclé des bras du bûcheron.

Vers mon ombre avançaient de vives fourmis rousses,
Elles entraient dans la peau sans causer de souffrance ;
J'eus soudain le désir d'une vie calme et douce
Où l'on traverserait mon intacte présence.

SOIR SANS BRUME

Quand j'erre sans notion au milieu des immeubles
Je vois se profiler de futurs sacrifices
J'aimerais adhérer à quelques artifices,
Retrouver l'espérance en achetant des meubles

Ou bien croire à l'islam, sentir un Dieu très doux
Qui guiderait mes pas, m'emmènerait en vacances
Je ne peux oublier cette odeur de partance
Entre nos mots tranchés, nos vies qui se dénouent.

Le processus du soir articule les heures ;
Il n'y a plus personne pour recueillir nos plaintes ;
Entre les cigarettes successivement éteintes,
Le processus d'oubli délimite le bonheur.

Quelqu'un a dessiné le tissu des rideaux
Et quelqu'un a pensé la couverture grise
Dans les plis de laquelle mon corps s'immobilise ;
Je ne connaîtrai pas la douceur du tombeau.

PERCEPTION-DIGESTION

Quand la vie a cessé d'offrir de nouveaux mondes
Au regard étonné, quand la vie ne sait plus
Que ressasser des phrases étroites et peu fécondes
Quand les journées se meurent, quand s'arrêtent les flux

Au milieu des objets secs et définitifs
Un sac de perception se déplie et s'oriente,
Se gonfle et se dégonfle au rythme primitif
Des poumons fatigués par la journée violente.

Il n'y a pas de sagesse blottie au fond des corps
Et la respiration ne libère que du vide
En pleine digestion tout redevient effort,
Le poids léger des os nous entraîne vers le vide.

Le poids léger des os finit par nous offrir
Comme une alternative au choc des parasites
Qui se nourrissent de peau, et pourquoi tant souffrir ?
Un peu de vie résiste et s'éteint dans la bite.

LE VIEUX TARÉ

J'aurai quand même aimé, de temps en temps, ce monde,
L'imbécile clarté du soleil matinal
S'appliquant à tiédir mes chairs horizontales,
J'aurai parfois senti la douceur des secondes

La chaleur des étreintes et le plaisir connexe
De deux peaux qui s'effleurent ; les doigts timides et
blancs ;
J'aurai senti le cœur qui fait battre le sang
Et le flot de bonheur qui envahit le sexe.

À l'abri d'un transat, sous le ciel bleu et sombre,
J'aurai surtout songé à la fusion des corps
À ces petits moments qui précèdent la mort,
Au désir qui s'éteint quand s'allongent les ombres.

Découvrant l'existence humaine
Comme on soulève un pansement
J'ai marché entre peur et haine
Journellement, journellement.

Les marronniers perdaient leurs feuilles,
Je perdais mes enchantements ;
Fin de journée, état de deuil :
Seul dans la cour, je serre les dents.

J'ai dû m'acheter un couteau
Le lendemain de mes quinze ans ;
J'aurais aimé être très beau :
Naturellement, naturellement.

Il y avait un mur et un train,
Je pouvais te voir tous les jours
Je rêvais de faire l'amour :
Interrogations sans frein.

Présence de la voie ferroviaire
Qui rythmait mes déplacements,
Je marchais parfois à l'envers :
Cette impression d'avoir le temps,
À treize ans.

La première fois que j'ai fait l'amour c'était sur une
plage,
Quelque part en Grèce
La nuit était tombée
Cela paraît romantique
Un peu exagéré,
Mais cependant c'est vrai.

Et il y avait les vagues,
Toujours les vagues
Leur bruit était très doux,
Mon destin était flou.

La veille au matin j'avais nagé vers une île
Qui me paraissait proche
Je n'ai pas atteint l'île
Il y avait un courant,
Quelque chose de ce genre
J'ai mis longtemps à revenir
Et j'ai bien cru mourir
Je me sentais très triste
À l'idée de me noyer,
La vie me semblait longue

Et très ensoleillée
Je n'avais que dix-sept ans,
Mourir sans faire l'amour
Me paraissait bien triste.

Faut-il toucher la mort
Pour connaître la vie ?
Nous avons tous des corps
Fragiles, inassouvis.

Fin de soirée, les vagues glissent
Sur le métal du casino
Et le ciel vire à l'indigo,
Ta robe est très haut sur tes cuisses.

Camélia blanc dans une tresse
De cheveux lourds et torsadés,
Ton corps frémit sous les caresses
Et la lune est apprivoisée.

Cheveux dénoués
Elle me regarde avec confiance,
Corsage échancré.

Le lit est défait,
Des oiseaux marchent entre les cèdres ;
Nous sommes dimanche.

Visage dans la glace,
Il faut préparer le café
La poubelle est pleine.

Son regard durcit,
Sa main attrape la valise ;
Tout est de ma faute.

Le mendiant vomit,
Quelques passagers s'écartent
Le métro arrive.

L'aurore est une alternative,
Se disait souvent Annabelle
La journée était une dérive,
La nuit était souvent cruelle.

Entre les sandales de plastique
Que son père appelait des méduses
Glissaient des ombres égocentriques ;
Les organes fonctionnent, puis ils s'usent.

Chaque aurore était un adieu
Aux souvenirs de sa jeunesse,
Elle vivait sans avoir de lieu
Et l'errance était sa maîtresse.

Elle chantonnait dans la cuisine
En se préparant des salades.
Midi ! Devant sa vie en ruine,
Elle caressait son corps malade.

Elle vivait dans une bonbonnière
Avec du fil et des poupées,
Le soleil et la pluie passaient sans s'arrêter sur sa petite
maison,
Il ne se passait rien que le bruit des pendules
Et les petits objets brodés
S'accumulaient pour ses neveux et ses nièces

Car elle avait trois sœurs
Qui avaient des enfants,
Depuis sa peine de cœur
Elle n'avait plus d'amant
Et dans sa bonbonnière
Elle cousait en rêvant.

Autour de sa maison il y avait des champs
Et de grands talus d'herbe,
Des coquelicots superbes,
Où elle aimait parfois à marcher très longtemps.

Le soleil tombe
Et je résiste
Au bord des tombes,
Bravo l'artiste !

La lune est morte,
Morte de froid
Mais que m'importe !
Je suis le roi.

Le jour se lève
Comme un ballon
Qui monte et crève
À l'horizon,

Qui dégouline
De vapeurs grises,
Dans la cuisine
Je m'amenuise.

Des vitres courbées sur la mer,
Et l'immense océan des plaines
S'étendait, gelé par l'hiver ;
En moi il n'y avait plus la haine.

Les branches courbées souplement
Sous la neige douce et mortelle
Tracent un nouvel encerclement ;
Un souvenir me revient d'elle.

Souviens-toi mon petit le lac était si calme,
Chacun de tes sourires me remplissait le cœur
Tu m'as montré le cygne, un léger bruit de palmes
Et dans tes yeux levés je lisais le bonheur.

On se réveillait tôt, rappelle-toi ma douce ;
La mer était très haute et moussait sous la lune
On partait tous les deux, on s'échappait en douce
Pour voir le petit jour qui flottait sur les dunes.

Le matin se levait comme un arbre qui pousse,
Dans la ville endormie nous croisions des pêcheurs
Nous traversions des rues sereines de blancheur ;

Bénédiction de l'aube, joie simple offerte à tous,
Nos membres engourdis frissonnaient de bonheur
Et je posais ma main à plat contre ton cœur.

Cérémonies, soleils couchants,
Puis la constellation du Cygne
Et la sensation d'être indigne,
L'impossibilité du chant.

Tes yeux sont le miroir du monde
Marie, maîtresse des douleurs,
Marie qui fait battre le cœur ;
À travers toi, la Terre est ronde.

Il n'y a pas de gouffre limite
Où hurlent les eaux de terreur,
Le temps se replie et habite
Dans l'espace de ta douceur,

Dans l'espace de ta splendeur,
Le temps se replie et habite
Une maison de pure douceur,
Le temps capturé par les rites

Nous enveloppe dans sa blancheur
Et sur nos lèvres unies palpite
Un chant muet, géométrique,

D'une déchirante douceur
Un accord parfait, authentique,
Un accord au fond de nos cœurs.

Les pins, les nuages et le ciel
Se reflètent en foyers mobiles
Un bref croisement de pupilles,
Chacun repart vers l'essentiel.

La souple surface des prés
Imite la peau cervicale,
La journée s'agite et s'étale ;
Retour au calme. Le jeu diapré

Des masses d'air en flaques huileuses
Qui circulent entre les collines
Capte nos intuitions, les ruine ;
L'après-midi est amoureuse.

Les noyaux de conscience du monde
Circulent sur leurs pattes arrière
Entre l'espace et sa lisière ;
Chacun sait que la Terre est ronde.

Chacun sait qu'il y a l'espace
Et que son ultime surface
Est dans nos yeux, et nous ressemble
(Ou qu'il ressemble à nos cerveaux,
Comme le modèle au tableau) ;
Quand nous tremblons, le monde tremble.

L'anneau de nos désirs
Se formait en silence
Il y a eu un soupir,
L'écho d'une présence.

Quand nous traverserons la peur
Un autre monde apparaîtra
Il y aura de nouvelles couleurs
Et notre cœur se remplira
De souffles qui seront des senteurs.

Les semaines du calendrier, les murs
Les lundis broyés sans murmure
Les semaines et leur succession
Inévitable et sans passion
Les semaines,
Les heures
Sans haine,
Meurent.

Soleil,
Soleil sur la mer
Plus rien n'est pareil ;
Matinées bleues en solitaire,
Je m'émerveille entre les pins ;
La journée a le goût d'une naissance sans fin ;
Alcools inépuisables, purifiés, de la Terre.

Il y a un chemin, une possibilité de chemin
Et il y a également un signe
Qui est donné à certains,
Mais certains sont indignes.

Entre les fleurs du canapé
Mes yeux se frayaient un chemin
Je renonce à me disculper,
Il y a l'œil et puis la main.

La possibilité de vivre
Commence dans le regard de l'autre
Tes yeux m'aspirent et je m'enivre,
Je me sens lavé de mes fautes.

La délivrance, je sens venir la délivrance
Et la vie libre, où se tient-elle ?
Certaines minutes sont vraiment belles,
Je reconnais mon innocence.

Cette manière qu'avait Patrick Hallali de persuader les
filles
De venir dans notre compartiment
On avait dix-sept dix-huit ans
Quand je repense à elles, je vois leurs yeux qui brillent.

Et maintenant pour adresser la parole à une autre
personne, à une autre personne humaine
C'est tout un travail, une gêne
(Au sens le plus fort de ces mots, au sens qu'ils ont dans
les lettres anciennes).

Solitude de la lumière
Au creux de la montagne,
Alors que le froid gagne
Et ferme les paupières.

Jusqu'au jour de notre mort,
En sera-t-il ainsi ?
Le corps vieilli n'en désire pas moins fort
Au milieu de la nuit

Corps tout seul dans la nuit,
Affamé de tendresse,
Le corps presque écrasé sent que renaît en lui une
déchirante jeunesse.

Malgré les fatigues physiques,
Malgré la marche d'hier
Malgré le repas « gastronomique »,
Malgré les litres de bière

Le corps tendu, affamé de caresses et de sourires,
Continue à vibrer dans la lumière du matin
Dans l'éternelle, la miraculeuse lumière du matin
Sur les montagnes.

L'air un peu vif, l'odeur de thym :
Ces montagnes invitent au bonheur
Le regard se pose, va plus loin :
Je m'efforce de chasser la peur.

Je sais que tout mal vient du moi,
Mais le moi vient de l'intérieur
Sous l'air limpide, il y a la joie
Mais sous la peau, il y a la peur.

Au milieu de ce paysage
De montagnes moyennes-élevées
Je reprends peu à peu courage,
J'accède à l'ouverture du cœur
Mes mains ne sont plus entravées,
Je me sens prêt pour le bonheur.

Doucement, le ciel bleu clair
Vire au bleu sombre
Et tes yeux sont toujours verts,
Tes yeux sont le miroir du monde.

Je le répète, il y a des moments parfaits. Ce n'est pas simplement la disparition de la vulgarité du monde ; pas
simplement l'entente silencieuse dans les gestes si simples
de l'amour, du ménage et du bain de l'enfant. C'est l'idée
que cette entente pourrait être durable ; que rien, raison-
nablement, ne s'oppose à ce qu'elle soit durable. C'est
l'idée qu'un nouvel organisme est né, aux gestes harmo-
nieux et limités ; un nouvel organisme dans lequel nous
pouvons, dès maintenant, vivre.

La nuit revient, fin de soleil
Sur la pinède inévitable
Et tes yeux sont toujours pareils,
La journée est complète et stable.

TABLE

I

II

III

IV

Cet ouvrage a été réalisé par la
SOCIÉTÉ NOUVELLE FIRMIN-DIDOT
Mesnil-sur-l'Estrée
pour le compte des Éditions Flammarion
en septembre 1999

Imprimé en France
Dépôt légal : août 1999
N° d'édition : FF 775302 - N° d'impression : 48285